KB145533

이별까지도
사랑 이예요

박명호 시인

시인의 말

첫 시집을 내면서
순백의 파편처럼 흩어진 조각들을
차곡차곡 담아서 이렇게 인사드립니다.
두서없이 써 내려간 글들을 보석처럼 예쁘게 꾸며 보았습니다.
감사합니다.

시인 박명호

내 마음의 보석

사랑
이별
그리고 그리움

추억
운명
그리고 소망

별처럼 빛나는 보석들

이별은 가슴에 박힌 눈물이 되고
추억은 심장에 담긴 그리움이 되었다

삶이란 영혼이고 때로는 아픔이다

너무 아파서 흐르는 신음 소리
눈물로 지워야 하는 사랑의 자국

그리움이란
남겨진 자의 독백처럼
힘든 목소리로 부르는 사랑가

이 모든 것이
순번을 정할 수 없는 내 전부인 것을

목차

이별

12 ····· 이별까지도 사랑 이예요 (첫 번째 이야기)
13 ····· 하얀 밤
14 ····· 사랑 비
15 ····· 너의 눈물 (촛농)
16 ····· 이별 2
17 ····· 바보처럼
18 ····· 그림자
19 ····· 기다림
20 ····· 이별
21 ····· 또 다른 약속
22 ····· 독백
23 ····· 낙엽

사랑

26 ····· 이별까지도 사랑 이예요 (두 번째 이야기)
27 ····· 이슬 같은 사랑
28 ····· 사랑의 바이러스
29 ····· 어느 날
30 ····· 너를 2
31 ····· 장미의 도발
32 ····· 신호등
33 ····· 믹서기에
34 ····· 사랑과 우정
35 ····· 사랑 담그기
36 ····· 칵테일 사랑
37 ····· 그대라는 널
38 ····· 당신이 미워요
39 ····· 이슬방울

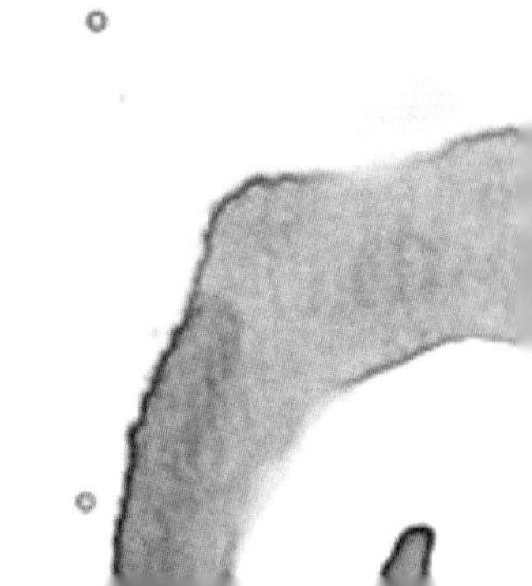

목차

그리움

42 ····· 이별까지도 사랑 이예요 (세 번째 이야기)
43 ····· 그리움
44 ····· 바람
45 ····· 상처
46 ····· 물안개
47 ····· 바닷가
48 ····· 낯선 곳으로의 여행
49 ····· 누구인가 나를 깨울 때
50 ····· 유월의 정원
51 ····· 겨울 사랑
52 ····· 카페에서
53 ····· 정말이야

추억

56 ····· 이별까지도 사랑 이예요 (네 번째 이야기)
57 ····· 그 모습
58 ····· 목련 그 순백의 향기
59 ····· 하루
60 ····· 슬픈 추억
61 ····· 진실 그리고
62 ····· 사랑
63 ····· 무제
64 ····· 약속
65 ····· 흔적
66 ····· 이별유희(遊戲)
67 ····· 그리움의 끝은
68 ····· 수채화 같은 날
69 ····· 이별 그 아름다운 추억

목차

운명

72 ····· 이별까지도 사랑 이예요 (다섯 번째 이야기)
73 ····· 루시퍼처럼
74 ····· 사랑 그리고
75 ····· 운명 (못과 망치)
76 ····· 진실
77 ····· 마지막 입맞춤
78 ····· 후유증
79 ····· 선물
80 ····· 천 년 동안 기다린 운명처럼
81 ····· 슬픈 운명
82 ····· 첫눈
83 ····· 홀씨가 되어 버린 너

고독

86 ····· 이별까지도 사랑 이예요 (여섯 번째 이야기)
87 ····· 기억의 뒤편
88 ····· 골목길
89 ····· 여정
90 ····· 바람의 여인
91 ····· 겨울밤
92 ····· 가을 그루터기
93 ····· 바람 부는 어느 날
94 ····· 너를
95 ····· 짝
96 ····· 동행
97 ····· 휘청거리던 날

목차

소망

100 ····· 이별까지도 사랑 이예요 (일곱 번째 이야기)
101 ····· 소망
102 ····· 봄 마중
103 ····· 빗물에 비치는 너
104 ····· 작은 기도
105 ····· 사랑 꽃
106 ····· 누가 던질 수 있나요
107 ····· 만월
108 ····· 좋은 밤
109 ····· 고해
110 ····· 느낌
111 ····· 작은 움직임

인생

114 ····· 이별까지도 사랑 이예요 (여덟 번째 이야기)
115 ····· 우리
116 ····· 막장
117 ····· 터 (목련)
118 ····· 우화
119 ····· 드라마
120 ····· 바다는 죽었다
121 ····· 중독
122 ····· 하루라는 어느 날 (용접공의 하루)
123 ····· 삶의 향기
124 ····· 나이테
126 ····· 하루살이
127 ····· 삶의 뒤편

이별까지도
사랑이에요

시인 **박명호**

이별을 노래하다

제목 : 우리

시낭송 : 박영애

스마트폰으로 **QR** 코드를 스캔하면
시낭송을 감상할 수 있습니다.

이별

정말
많이… 사랑했습니다…

끊어진 줄을 잡고
마지막 한 칸에 서성거린다

주춤 거리며 뒷걸음치는 내 모습

이별까지도 사랑 이예요 (첫 번째 이야기)

끊어진 줄을 잡고
마지막 한 칸에 서성거린다

주춤 거리며 뒷걸음치는 내 모습

눈을 뜨면 현실이 되고
눈을 감으면 꿈이었으면

시린 사연들이 밀려와 고개를 떨군다

추억이었다고
사랑이었다고

아프다
꽉 쥔 손톱이
처음으로 가슴이 시원하다

다시 줄을 끊어야 하겠다

사랑과 이별은 앞뒤가 없는 둥근 원줄처럼

하얀 밤

아직은 어둡구나
흔적 없는 그 자리
짙은 상념들 속에서 비틀어지는 하얀 밤

사랑 앞에서 멈추어 버린 순간

너와 나
이별을 했다고
이 어둠마저 나누어야 하나

아직 남아있는 밤을 바래보자

다시는
슬픈 기억 때문에
이런 밤을 보내지 않으련다

추억에서 슬픔을 뺀다는 것이

사실은
무척 힘이 들어

사랑비

향기도 없이
콧등에 떨어져
가슴까지 흐른다

한 방울
심장을 파고들어
촉촉이 젖은 냄새가 난다

다른 향기
아무도 없다
비를 사랑한 그녀

다시 비가 내리고
가슴이 두근거린다

누군가 창문을 두드린다

너의 눈물 (촛농)

바람에 흔들리는 작은 불씨 하나

불꽃같은 삶
천천히 조금씩 타들어 간다

몸이 녹아서
피처럼 흐르는 사연들

인생이란
바람에 춤을 추는 불꽃이었던가

흔들리는 작은 심장을
그대의 사랑으로 안아 주세요

누구인가는 생명을 주고
어떤 이에게는 죽음을 빌려 준다

이별 2

우리
헤어진 거지
잊어야 하는 거니

이젠 남남일 거야
만나면 모른 척하는 거야

용기 없어서
심장이 아파서
또 헤매일 것 같아

앞에서는 웃지만
돌아서서 울었잖아

차마 보낼 수 없어
지금까지도 가슴 저리는 흔적들

내 마음
아직도 모르는 한 가지

바보처럼

그대를 떠나보내고
이별까지도 사랑을 하고

돌아서면
머뭇거리는 내 모습

마당쇠인 줄 알았는데
마주하면 더듬대는 꼴이라

나비처럼 나풀거리지 못해
바람만 기다리는 홀씨 같은 내 마음

그저
스쳐간 추억만
찾고 있는 바보 같은 내 사랑

그림자

내 자국을
너에게 붙여두면
점점 멀어지는 우리들

길어진 만큼 빗나간 운명

불을 밝히면
그림자까지 삼켜버리는 너

떨어지는 작아지는 해를 보며

기억 속의
또 다른 추억도
그저 잊혀지기만을

기다림

그리움의 종착역은 어디쯤 일까

마음은 벌써 종점인데
발자국을 플랫폼에 찍어 둔다

애타는 마음
설레임을 잊게 하네

떠나버린 빈자리
남겨진 자국들만 널브러져 있다

같이 했던 시간들을
지워야만 추억이 될까

이미
떠나버린 마음을
이별이라 부르지 못하고 추억이라 불러 본다

이별

이별

보고 싶은 마음
꼭꼭 접어서 한쪽 주머니에

그리워서 시린 사연
살포시 모아서 내 마음속에

나에게 전해 준 그 순정
내 사랑까지 포개서 가슴에 두었어요

이 모든 걸
추억 속에 새겨 놓고
오늘 그대를 보내 드립니다

그런데 왜
눈물이 날까요

또 다른 약속

너와 나
남남처럼 외면이 시작될 때

이 시간
끝날 때쯤
또 다른 약속을 하고
우린 끝없는 이별을 한다

아직
내 가슴
사랑과 이별을
함께 할 수 있기에

그대가 있다
두근거림이 남아 있다

독백

그대 떠나버린 빈자리

그 무엇을 채워도
비처럼 흐르는 그리움만

힘들게 지웠던 기억들이 춤을 춘다

사라지는 사랑은
멍이 들 듯 밤하늘에 박혀 버리고

작은 몸부림
영혼을 버리고 하늘을 찾아 나선다

처음부터 그랬던 것처럼
어디까지 지워야 여백이 생길까

더듬데는 고백

얼마나 더 추억해야 들을 수 있을까

낙엽

나였던 그대와
하나씩 이별을 할 때
보내는 슬픔을 가슴에 새겨 둡니다

이렇게
힘이 드는 건
떠나버린 그 자리에

그대 같은
또 다른 나를
다시 또 사랑해야 한다는 것

하나 둘
파이는 자국을
추억으로 지우며 잊혀 집니다

사랑

제일…
아름다운 보석

이별은

누군가를 보내야 하고

추억을 지워야 한다는 것

이별까지도 사랑 이예요 (두 번째 이야기)

사랑

이별은
누군가를 보내야 하고
추억을 지워야 한다는 것

사랑 그리고 이별

너무 힘들어
너무 아파서

우리의 이별은

너를 위해
사랑을 위해

이별마저 사랑하는 이유입니다

이슬 같은 사랑

저는요
당신을 만나야
반짝 빛이 납니다

알고 있나요
당신을 안아야
이슬이 된다는 것을

나
예쁘죠
당신 손에 이끌려
풀잎에 살짝 기대어 보았어요

내 사랑을 드릴게요

초롱초롱
한 방울에
당신 모습 가득 담아서

또르르 또르르 달려갈게요

사랑의 바이러스

내가 아파

감염되었나 봐
심장이 무척 두근거려

약도 없나 봐

내 몸이 너만 찾고 있어
영혼까지 전염되려고 그래

처방전에
네가 약이래

그런데
어떻게 하지
이 병은 면역이 안된데

어느 날

두발로 걷는
사슴을 본 적이 있나요
나에게 맞추려고 까치발을 한 그대랍니다

처음 본 순간
멈추어 버린 나
그대 눈빛을 아직도 바라만 보고 있어요

깜박 거리지도 못하는
눈물 가득 찬 호수 같은 눈망울

뚝뚝 떨어지는 그리움
빗물처럼 흘러 가슴속에 고인 내 사랑

내려오세요
이제는 내가 무릎을 꿇을게요

그대는 나의 사랑이랍니다

너를 2

마음에 담으면
영혼까지 중독이 되고

가슴에 새겨진 사랑은
심장처럼 두근거립니다

우리의 사랑이 별처럼 빛이 납니다

아직 남은
나의 인생 나머지는
그대를 만나 사랑을 하지요

운명을 다 보내고
또 다른 숙명을 맞을 때는
웃으며 사랑이라 불러드립니다

운명, 추억
그리고 사랑

장미의 도발

나를 취하려면
그대의 심장을 주세요

사랑을 원하시나요
그러면 용기를 내세요

피를 흘리시는군요

참으세요
곧 행복하실 거예요

눈물로 맹세한 사랑
우리는 변치 않을 거예요

고마워요
어서 오세요
그대에게만 허락합니다

사랑

신호등

나에게로
달려올 수 있나요
손짓을 하잖아요

책임져 줄 수는 없어요
조심해서 옆으로 오세요

나도 몰라요
무척 그리울 때는
눈망울만 깜박깜박할래요

바쁘면 오지 마세요
머뭇거리지도 마세요
멈추든지 알아서 하세요

그런데
보고 싶을 땐
눈치껏 휙 돌아서 오세요

여기에 내가 있잖아요

믹서기에

사랑을 하나 봐요
떨어져 있으면 어찌할지 몰라요

주고 또 주어도
받고 또 받아도
채울 수 없는 마음

이런 게 사랑인가요

그대 옆에 있으면요
엉뚱한 상상을 해요

우리 둘을 하나로 만들 수 없을까

그대를 아주 작게 접어서
내 가슴에 담을 수는 없을까

요런 생각뿐

정말 사랑을 하고 있나 봐요

사랑과 우정

사랑

작은 어깨에
기대어 보고 싶다

심장은 콩닥콩닥
자꾸 옆으로만 가는 내 마음

찻잔에 남긴 너의 사랑에
살짝 맞추어 보고 싶은 내 입술

너에게 취했나 봐
그대는 흔들리고 난 어지럽고

질투가 생긴다

친구와 애인 사이에서

다시 계약을 해야겠다
친구라는 관계가 끝나간다

사랑 담그기

사랑으로
간을 맞추면
그 맛은 행복이겠죠

사랑으로
양념을 하면
별처럼 반짝거릴 거예요

사랑으로
속을 채우면
그 향기는 매혹적이겠죠

사랑으로
우릴 담으면
그 사랑에 삭혀질 거예요

우리
사랑 가득한
저곳에 푹 빠져 볼까요

칵테일 사랑

너처럼
맛이 있을까
나를 취하게 할까

미련도
욕망도
사랑마저 조금 떨구고

잔을 든다
사랑을 마신다

잔을 건넨다
비어버린 빈 잔을

점점 흔들리는 너와 나

그대라는 널

우리
정말 만나는 거지
두근두근 떨리는 마음

내 맘 같지 않은 시간
손가락 걸어 빙글 돌리고 싶어

그대 모습
깜박거리면 사라질 것 같아
눈물이 날 때까지 감지 못하고

너에게
그림자까지 버리고 뛰었지

콩닥거리다 멈추어 버린 내 심장

이 순간
그대라는 설렘 때문에

당신이 미워요

안녕이라
보내 드렸는데
아직 거기에 계시나요

투정이었나요
내 사랑이 부족했나요

안녕이라
한 발짝 물러섰는데
그대 다가서는 건 뭔가요

우리 사랑이 살짝 싱거웠나요

이제는
걱정하지 마세요
그대가 떠나신다 해도
나는 그대만 따라가는 그림자 이랍니다

이슬방울

하늘을 안으면
보석처럼 반짝거리고

바다를 담으면
한 방울 조각배를 띄워 본다

달님에게
초승달을 빌려서
별을 품은 이슬로 불을 밝히고

사랑 찾아
너를 찾아

풀잎 뒤에 숨어서
해님하고 술래잡기 놀이

그리움

끝이 어딜까…

운명처럼
가슴속에 담았는데
심장까지 아프게 하네요

이별까지도 사랑 이예요 (세 번째 이야기)

어느 날

사랑했는데
이제는 보내야 하는가

운명처럼
가슴속에 담았는데
심장까지 아프게 하네요

사랑 때문에
잊어달라고 하는 이 사랑을

또 사랑하기에
널 사랑하기에

이 사랑을 어떻게 하나요

그리움

눈을 감아도 너만 보여
내 눈이 지금도 널 찾고 있어

지우려고
자꾸만 비벼서
옆으로 더욱 커져 버렸나 봐

안경을 하나 사야겠어
검은 안경을

마구 눈물이 나와서
검정이 바래 온통 하얀색이야

길어진 눈만큼
눈물이 더 많이 흐르고 있어

이제는 더욱 까만 안경이 필요해

바람

마지막까지 풀렸다

거침없이
헤집고 파고들어
다가와 안기며 속삭인다

머물다 사라지는
너는 잡을 수 없는 운명

멈추었다
심장 그리고 삶까지도

안녕하며
다시 다가올 때까지만

상처

하나쯤
남겨 놓을 걸
그래야 했어 그리울 때 볼 수 있게

한마디 아껴 둘 걸
힘들 때 소리칠 수 있도록

추억들이
하나 둘 떨어질 때
내 심장은 뻥 뚫려 버렸어

이제야 알았어
이 상처가 당신의 흔적이라는 것을

이제는 알 수 있어
내 삶이 전부 당신이었다는 것을

물안개

작은 바람에
피어 버린 유혹

꽃망울 터트리듯
살랑대며 손짓을 한다

가물거리다 만개해 버린 그리움

그대 모습 그려 놓고
말 못한 사연을 풀어 본다

사라지기 전에
아주 짧은 고백

너에게 파묻히고 싶다

바닷가

웃다가

울다가

손을 꼭 쥐었다

밀려오는 파도에
가슴까지 출렁거리고

우린 서퍼가 되어

너와 나

이렇게 사랑을 탄다

낯선 곳으로의 여행

어디까지
얼마나 더 보내야
이 그리움이 사그라질까

언제까지 지워야 하얗게 될 수 있을까

창을 내리고
비를 맞는다

오늘만큼은 거부할 수 없는 운명

하루 종일
너를 맞는다

그 무게만큼 깊은 곳으로 떠나갑니다

누구인가 나를 깨울 때

더듬거리다
손끝에 느끼는
부르르 떨리는 고독

잠들 때까지
안고 있었던 추억

눈을 떠보지만
어둠보다 더 짙은 절망

다시 눈을 감는다

한가득
하염없이 파고 드는 그리움

눈을 떠야 하는데

나를 밀치고 너에게만 달려간다

그리움

유월의 정원

눈물이 납니다

너무 황홀해서
멈출 수도 없어요

이 멋진 세계는 언제까지 있나요

그대가 만든
동화 같은 세상
또 다른 장을 넘기면 사라지나요

마지막 남은
하루를 붙잡고
다시 또 울고 있어요

그날
그곳에서
그리움을 그려 봅니다

겨울 사랑

후~ 하고 불어 보니
눈꽃이 되어 버린 상처 난 미련들

아지랑이처럼 아른거리는 초상

아물아물 보여주는
기억의 속살은 그대의 모습

바람에 흩어지는 상념들
살랑거리며 사라지는 어제와 내일

너의 모습과
나의 피사체까지
연무에 실려 짙어진다

두 손 가득한 너를
호호하면서 불어 본다

지나버린 겨울 사랑
벙어리장갑에 잡힌 추억 하나

카페에서

사랑으로
가득 찬 느낌
연인처럼 반기는 원두 향

음악은 흐르고
찻잔 넘어 미소 짓는 그녀

쌓이는 시간만큼
피어나는 호기심

사연은 더욱 짙어져
밤 하늘 별처럼 쏟아진다

한 모금 삼켜버린 야릇함

마셔버린 잔속에
아직 웃고 있는 그녀

또 한잔 리필을 한다

정말이야

심쿵한
너의 모습

감히
취할 수 없어서

정말
다시는 이런 짓
안 한다고 다짐했지

차라리
그리워할 바엔
사랑한다고 고백을 해 볼 걸

추억

그 시간의
모든 것이 소중해…

힘이 든다
쓰라린 추억이다

눈물이 비처럼 떨어져
심장도 녹아서 비처럼 흐른다

이별까지도 사랑 이예요 (네 번째 이야기)

아직 남아 있는 너의 자국을
꼬옥 안고 사랑을 더듬는다

힘이 든다
쓰라린 추억이다

눈물이 비처럼 떨어져
심장도 녹아서 비처럼 흐른다

너와 나
빗물을 사이에 두고
쌓여지는 흔적을 지우며 이별을 한다

이별은 이렇게 또 사랑을 부른다

그 모습

정말
우연이라도
널 만날 수 있을까

길을 걷다가
스치는 기억 때문에
한참을 울었던 내 모습

이렇게 이별의 끝을 붙잡고

마지막 남은
슬픈 기억 때문에

가끔은 쓰리게 떠오르는 미소 때문에

이 모든 게
사랑이라고 지난 고백을 해본다

길어질 만큼 길어진 사랑의 끝을 붙잡고

목련 그 순백의 향기

그대를 기다리다
순백으로 뚝뚝 떨어진 눈물

꺾어진 자리에
붉어진 상처에

보내 버린 그리움만 피어나고

화려하지 못한 미소로
아름답지 못한 기억을 감추고
자리 내준 흔적에 녹아 버린 나의 삶

시간들이 빠져나가
점점 다가오는 하얀 그림자

피멍이 든 내 마음
하얗게 녹을 때까지

마른 가슴으로
물기 없는 눈빛으로
바람결에 떠나는 시간들을

남겨진 추억에 기대어 서서 바라만 본다

하루

밤하늘
별이 많을까
떨어지는 빗방울이 많을까

주르륵 흐르는
가슴 적시는 여린 추억

우리가 주고받았던 사랑이 더 많을 거야

걱정이다
오늘 같은 하루가 많을 텐데

하지만 난
그리움 짙은 네가 좋아

슬픈 추억

눈을 감으면

상념들은 흩어지고
남는 것은 오직 추억뿐

길을 잃은 생각들
지워야 할 것들이 기웃거리고
나는 그 자리에서 서성거린다

움켜잡은 고통이
비명을 지르며 빠져나온다

조각난 시간
흩어진 공간들
미련의 기억으로
한 조각 또 한 조각 꿰어본다

누더기가 되어 버린 나의 사랑아

진실 그리고

너는 멈출 수 없는 나의 심장

그 사랑을
담아보지만
언제나 허전한 느낌뿐

너는 지울 수 없는 나의 기억

그 떨림에 행복해하고
처음 안았을 땐 신에게 기도를 했지

추억을
뒤집어 보지만
돌아올 수 없는 시간

너는 잊을 수 없는 내 모든 것

사랑

그대의
따스한 마음을
내 가슴은 사랑이라 하지요

너무 아름다워
내 사랑은 살짝 감추었어요

그대 손을 잡았을 때 알았어요

다시 만나자는 약속
내 심장이 뛴다는 것을

툭툭 치는 투정도
촉촉이 젖은 눈빛도

오늘 알았어요
당신을 사랑한다는 것을

무제

한 사람을
사랑한다는 것은

아직은 잘 모르지만

그 사랑은
한 사람만이라는 것

추억이란

잊을 수도
안을 수도
새로움도 없다는 것

기다림은
살아가는 것보다 더한 고통이다

우린
지금 만났어야 했어

추억

약속

조각난 기억들을 하나, 둘 맞혀 본다

전하지 못한 고백
그대를 사랑한다는 그 말

우리의 사랑가
다시 부를 수 있다면
표현 못 한 사랑까지 담아 드릴게요

시간이 지나면
모든 게 희미해지겠지
손을 놓고 흘린 눈물까지도

이 약속도 마지막이겠지
지울 수 없다고 다짐하는 것도

흔적

짧았던 뒷모습
그저 그렇게 멀어져 가고

길어지는 시간 속에
점점 작아지는 흔적들

추억처럼 하나 둘 쌓이기 시작한다

슬퍼하던 후회
미소 같던 옛이야기

여기서 멈추려 하지만
자꾸만 조각들을 훔치고 있다

이별유희 (遊戱)

헤어진다는 건

어쩌면
또 다른 만남 이런지

이제는 보내려 합니다

이별은 이렇게
점점 외톨이가 되어 갑니다

아름답던 추억은
눈물까지도 허옇게 마르게 하네요

불타던 그 사랑도
이제는 한 줌의 미련일 뿐

화려했던 날들이
기억과 시간 사이에서 맴돌고

이렇게 그대를 가슴에 묻어 둡니다

그리움의 끝은

잔인하게 또 비가 오네요

눈물 때문에
추억들이 하나씩
지워지고 있네요

행복했던 기억들마저
싸늘하게 변해 버렸어요

그리움이
비처럼 흐르고

마지막으로
붙잡고 있는 미련까지도
툭툭 부딪치는 슬픔에 붉은 멍이 들었어요

언제쯤 멈추어 줄까요

그대를 잊어야 하나요
아니면 다시 길을 떠나야 하나요

수채화 같은 날

비 내리는 오후

사랑해

보고 싶다

다이얼을 돌린다

뚜
뚜
뚜

그리움이 넘쳐
수화기 속으로 스며든다

하염없이
비가 내린다

내 가슴속으로

이별 그 아름다운 추억

비틀어진 날에

한 닢
두 잎
꽃들이 흐트러진다

생(生)

그 억겁의
누더기들이
한 겹, 한 겹씩 허물어질 때

벗기어진
너의 모습을
내 심장에 가두어 버렸다

숨을 쉴 때마다

피 빛 가득한
너의 숨소리를 느껴

너를
안고 있는
나의 모습이 보여

운명

그냥~
우리처럼
지금은 결정할 수가 없어…

이별의 전주곡처럼
눈물이 소리 없이 흐른다

눈을 감는다
내가 아는 세상이 아니었다

이별까지도 사랑 이예요 (다섯 번째 이야기)

또 다른
너를 만들어
차라리 사랑을 할까

무척 그리울 때는
낯선 곳으로 떠나는 거야

이별의 전주곡처럼
눈물이 소리 없이 흐른다

눈을 감는다
내가 아는 세상이 아니었다

그 자리에 멈추어 서서
기억의 퍼즐 속으로 숨어 버린 나

그대가 떠난 그 길을 따라 떠나 봅니다

내 마음 가득
이별을 사랑하면서

루시퍼처럼

종소리에 달려오는 파블로프처럼

이 행복은
쾌락에 중독되어 버린
사랑이란 가면을 쓴 타락인가

욕망의 사슬에
사랑의 핑계로 스스로 목을 맨다

돌아선 모퉁이마다
운명처럼 기둥을 세운다

창살에 찢기어진 자유
중독의 끝을 보듯 미쳐버린 사랑

기둥을 타고 떨어지는 눈물 한 조각

복종과 희열
언제까지 이런 사랑을

사랑 그리고

너를 찾아서
그리고 사랑을 찾아

하루를 추억으로 쪼개서
밤하늘에 별처럼 뿌려 놓는다

하나씩 점점 떨어지고
또 다른 시간이 하루가 되어도
오늘만큼은 채울 수 없는 빈 가슴

두 손을 모아 텅 빈 하늘에 기도합니다

힘이 들어도,
그대는 슬퍼하면 안 됩니다

그대가
별이라면
난 유성이 되어
그대 있는 곳까지 찾아갑니다

운명 (못과 망치)

우리는 하나

나는 맞아야 합니다

너는 두들겨야 됩니다

그대 없으면 나는 용기도 힘도 약해져요

맞으면
조금 움직입니다

내 팔자입니다
그렇다고 헤어질 수도 없어요

이골이 났거든요
그놈 없이는 안 됩니다

나는 망치에서 떨어진 작은 쇠붙이랍니다

진실

우리
무엇이 필요할까

너와 나
사랑만 있으면 되지

말도 없이
둘이서 사랑을 한다

거추장스러운 것들을 벗어 버리고

꼭 안고 있는 거야
누구도 끼어들지 못하게

이렇게
너와 나는 사랑을 한다

마지막 입맞춤

안 된다는 걸
잡을 수 없는 것을 알면서

입을 맞추었다
재가 되어야만 하는 불나방처럼

산산이 부서진 만남

넘쳐 나는 슬픔
두 손으로 모아보지만
더욱 바스러지는 미련뿐

이런 게 사랑 인가
죽어가면서도 그리워지는 입맞춤

후유증

오래전부터
한 몸처럼 살아왔다

이제는 떠나보내야 할 시간

두 눈 질끔 감고
너와의 연을 끊어 버리자

겨울처럼 서서히 마르다
하얗게 비틀어져 떨어지겠지

무엇인가는 고통의 신음을 하겠지만

영혼을 팔아야 하나
싸늘하게 다가오는 이 느낌

준비를 하자
운명을 받아들일 시간이다

한동안 무척 힘이 들 거야

선물

이렇게 멋진 날에
버려진 듯 떨어진 꽃잎처럼
잔인하게 맞이하는 슬픈 운명

이 시간이 마지막이라면

너만을 바라보며
아름답게 보낸 시간은
내 생에 가장 행복한 오늘 일 거야

시간들이 초처럼 쪼개져
짧은 순간 사라져 버리듯
떠나고 나면 그리워지는 지금이

힘껏 쥐었다 놓아 버린 나의 하루

천 년 동안 기다린 운명처럼

처음 본 순간

입가엔 미소가
사랑 가득한 눈빛
가슴 가득 행복한 감동

선녀와 나무꾼은 전설로 남고
심장이 멈춘다 해도 난 살아갈 수 있구나

애타던 마음은
소나기 후 무지개처럼
우리가 만날 다리가 되었네

눈 감으면 요정 같은 그대

사랑은 이렇게
한 영혼을 살리는구나

슬픈 운명

추억이
달빛에 숨어
창가에 떨어질 때

그대 모습
눈물 속에 담아
이슬처럼 맺힙니다

흔들리는 바람결에
그리움마저 휘청거리고
미안하다 짧은 외침은 이루지 못한 운명

왜
사랑은
슬퍼지기만

첫눈

짧았지만
무척 깊었지요
아직 그대를 기억하고 있어요

사랑을
작은 가슴에
모두 담지 못해서 미안해요

슬퍼하지 마세요

운명처럼
지금 무척 행복해요

순간
전부 변했지만
그대를 사랑했던 내 심장은

그날
그 시간은
그 하루만큼은

내 생의 전부였답니다

홀씨가 되어 버린 너

서로 모르는 척
낯설은 시선이 머무는 곳
별빛 향기 속으로 숨어 버리는 너

미소까지 빼꼬미 내밀고
소롯길 위에 떨어지는 달그림자

출렁이는 강물처럼
춤을 추는 빛과 그림자

스치는 바람결에
달빛 따라 흩어지는 너와 나

홀로 운명을 타는 슬픈 외톨이

고독

너의 뒷모습이
너무 쓸쓸해…

한발 옮겨야 하는데
그곳에서 굳어 버린 채
추억에 흠뻑 젖어 그저 비를 삼킨다

떨어지는 빗줄기에 영혼까지 젖는다

이별까지도 사랑 이예요 (여섯 번째 이야기)

바스러질 것 같은 계절에 비가 내린다

빗소리에 묻혀 버린 이별 소리
소름 돋는 쓰라림에 멈추어 버린 나

추억이 빗물을 타고 흐른다

희미해진 너의 모습
흔들리는 작은 어깨

한발 옮겨야 하는데
그곳에서 굳어 버린 채
추억에 흠뻑 젖어 그저 비를 삼킨다

떨어지는 빗줄기에 영혼까지 젖는다

기억의 뒤편

초심은 부려지고
시간마저 멈추었다

기억들이 담을 넘어
미련도 없이 사라져 버리고

채우지 못한 사연들만
덜그럭거리며 하나 둘 쌓여 간다

자꾸만 외로이 되돌아가려 몸부림치는

빛을 잃은 그날
멈추어 버린 세계

너보다 더
어두운 곳에서
똑똑 거리는 상념만

골목길

머물다
사라지는
돌아서면 꺾어진 모퉁이

지으려 하면
기억마저 휘어지는 끝의 자락

홀로 남은 내 그림자
고개를 떨구고 허리마저 숙이고 있네

어쩌면 그곳은
신들이 지키는 또 다른 세상

두 손은
합장을 하고
언제나 묵념을 한다

그 길을 지날 때마다

여정

넘칠 때까지
한잔 가득 부어
고독한 나그네에게

또 한잔
너를 가득 담아
날개 잃은 영혼에 건배를

구멍 난 세월
반 토막이 되어버린 삶

홀로 남겨져
버림받은 시간을 찾아

검은 망토를 뒤집어쓰고
쓸쓸함을 벗 삼아 홀로 떠난다

바람의 여인

바람 부는 날
그곳에서 휘날리다

향기도 없이
여운만 남긴 채
옷깃을 스치듯 사라진 너

잡을 수도 없다

가슴속에서 휘몰아치는 추억

싸늘한 그 자리
말없이 떠나 버린 여인

겨울밤

빛을 잃은 별처럼
허공을 맴돌다 사라지는 추억들

마른 가지에
머물다 돌아선 짙은 바람

짧은 햇살처럼
미련 없이 떠나 버린 하루

겨울밤
그 속에 파묻힌
점점 무거워지는 상념 속으로

골목

가을 그루터기

홀로 남겨져
떠나지 못하는 외톨이

모조리 빼앗겨
점점 비틀어져 가고

싸늘한 오늘
추억마저 마르고 있다

그리움이
헤집고 파고드는데
옷깃을 여미며 돌아서는 싸늘함

물기 가득한 기억을
뜨거운 가슴으로 지워본다

이렇게
이 가을도 하얗게 타들어간다

바람 부는 어느 날

흩어진 날들을
웅크리고 주저앉아
짝 없는 조각들을 담아보지만

파편이 되어 버린 추억
도저히 맞지 않는 모습들

허수아비처럼 멈추어 버린 꿈

시간 속에서
휘날리다 사라져 버린다

바람에 밀린 사연들
내 기억 속에 머물다
손끝에서 손톱만큼만

살짝 뒤로

너를

멋진
이 가을이
비처럼 스며든다

칼바람처럼 다가올 때
이 작은 세상은 붉게 물들어가겠지

마지막 남은
쓸쓸함을 끝에 두고
너처럼 붉어진 계절이 끝나간다

어디선가 실려오는 한 장의 낙엽

툭 하고
앞서 구르는 가을
멈추지 못하고 서성이는 발길

스르르 갈바람 곁으로
세월이 저만치 스쳐 지나간다

짝

살짝
내밀면 사랑스럽고

한발
물러서면 그리워지고

우리
사랑해도 되나요

그림자 같은 우리
사랑을 안 할 수가 없네요

살며시 다가와
가슴에 가득 찬 너

이렇게 나의 짝을 확인하고 있어요

동행

그대
가시는 길에
함께 해도 될까요

따라만 갈게요
그대 아리에서 헤어날 수가 없네요

사랑한다
말할 수 없어서
괜스레 돌부리만 차고 마네요

그대만을 찾는 이 마음
예전부터 나의 것이 아니랍니다

바로
당신 거예요

휘청거리던 날

살(撒)처럼
여윈 갈색 햇살이
작은 틈 사이로 사라져 버리고

그녀를 훔친
갈대의 춤사위

쓰러질 듯 가을이 휘청거린다

검지 끝에 스친
짙은 가을 맛이 난다

멍이든 내 가슴
빛살처럼 반짝 향기가 난다

짧은 가을이
낯설은 우리처럼
스쳐 지나는 햇살처럼

소망

정말이야~
난 네가 필요해…

점점 작아지는
아파하던 사랑까지도
내 작은 가슴을 힘들게 하네요

사랑 그리고 이별
운명의 굴레를 벗어난 숙명

이별까지도 사랑 이예요 (일곱 번째 이야기)

추억 속에 담긴 그대를
애써 모른 채 돌아서지만

떠오르는 기억
돌아서는 그 모습까지
다시 또 그리워합니다

점점 작아지는
아파하던 사랑까지도
내 작은 가슴을 힘들게 하네요

사랑 그리고 이별
운명의 굴레를 벗어난 숙명

지울 수 없기에 차라리 기억합니다

소망

불씨 하나
손끝에 피어나
작은 춤을 춘다

빛을 스친
작은 그림자
흘러내리며 녹는다

힘들었지
너도 사랑했구나

손을 모은다

멈추었다
빛이 죽어간다
또 다른 삶이 피어난다

다시 심장이 뛴다

봄 마중

살랑살랑

그대 오시면
맘껏 풀어헤치고
꼬옥 안아 보렵니다

꽃향기로 오나요
나비처럼 팔랑팔랑 오시나요

햇살처럼 다가와 이 마음 녹여줄 거죠

그대 오시면
향기 가득한
한 송이 꽃이 되어볼까 합니다

빗물에 비치는 너

잠들었던 욕망을

또 다른 나를 일깨워준다

축축해지는 만큼 이성도 묽어지고
숨어 있던 상념 속에서 꿈틀거린다

한줄기 너를
가슴으로 마셔보지만
취할수록 더 깊어지는 쓸쓸함

싸늘한 기억마저 파고들어
영혼까지 다시 또 부르르 춤을 춘다

내 눈에서
푸른빛이 감돈다

빛을 삼킨 고양이처럼

작은 기도

다가서면
휘청거리지만
꺼지지 못하는 용기랍니다

껌벅거리다 멈춘 내 그림자

이루지 못한 사랑이
촛농처럼 떨어지고 있어요

마지막처럼
저를 안아 주세요

아직은
태울 수 있는
영혼이 남아 있어요

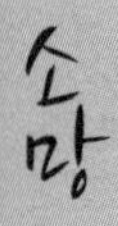

사랑 꽃

오늘은
우리의 가슴에
사랑의 꽃을 피워보아요

꽃술에
흠뻑 취해
누가 더 행복해 하는지

우리
열매도 영글고
씨앗도 만들어

혹시 시들해 질 때

그때
다시 또
사랑을 피워 보기로 해요

누가 던질 수 있나요

버리지 못한
미련 때문에
본능마저 사라져간다

멈추어라
떨림이 있으면
던질 수 있을까

용기를 달라고
차라리 기도를 한다

아무나 할 수 없는 것인가

움켜쥔 고통 때문에 눈물이 난다

만월

오늘이
만월이라
소원을 빌어 봅니다

그대 모습만 가득 차는구나

돋아나는 생채기
힘을 주어 부럼을 깨물고

추억이 다시 피어나
사랑을 아프게 몰아치네요

그래도
작은 몸짓으로

너를 위해서
나를 위해서

조그마한 소원을 빌어 본다

좋은 밤

밤이
좋은 건
아무도 모르게
그댈 바라볼 수 있다는 것

웃어도
울어도
모른 체한다

밤하늘

오늘도
소식을 전해 봅니다

아직도 별을 찾고 있다고

고해

너를
손안에 담고 싶다

꺾고 싶어
정말 그럴 수 있을까

순간뿐이겠지
곧 시들어버릴 거야

얼마 안 지나 버려질 운명

또 다른 너를
다시 또 꽉 쥐고 있겠지

욕망으로 가득 채우고

그 손으로
또다시 기도를 하겠지

느낌

너를 만나면
그저 알 수 없는 이유만

정말 모르겠어
서로 다른 시선을 주고받을 뿐

본능처럼
만남과 이별 속에서 헤메이는 것

운명처럼
끝나지 않을 그리움만

왠지 모를 두려움만 앞서 있는 것

휘청거리며
너에게로 돌아가는 중

작은 움직임

잠깐만
머물다 떠나갔으면

맘에 쏙 들지는 않지만
숙명처럼 다가오는 두려움

그저 스치는 향기만 전해준다면

고치 속에 숨어 버린 누에인양
죽어라 명주실만 덧씌우고 있다

너를 찾아서
작아진 구멍 속으로

외로워서 더 반짝이는 작은 별

내 생에
한번 더
너를…

삶~
우리들의 이야기

아름다운 일기장…

사랑했던 마음이
미움으로 남는다 해도
그 원망까지도 사랑합니다

싸늘한 뒷모습
점점 멀어져 갈 때
그 그림자까지 그리워합니다

이별까지도 사랑 이예요 (여덟 번째 이야기)

사랑했던 마음이
미움으로 남는다 해도
그 원망까지도 사랑합니다

싸늘한 뒷모습
점점 멀어져 갈 때
그 그림자까지 그리워합니다

빈자리
있어야 할 그대가 없다

흐르는 눈물
망가진 내 모습 보일까 봐

차라리 이별을 사랑하기로 했습니다

우리

나
그대를
산소처럼 맑은 숨결로 사랑할래요

기다림은 순도 깊은 순수한 행복이랍니다

지치고 힘들 때
그대 가슴에 스며들어
공기처럼 부드럽게 안아 줄게요

그대 향한 내 마음
넘치도록 가득 담아서
우뚝 선 탱크처럼 기다립니다

쓰러질 듯 비틀거리는 날
기댈 수 있는 버팀목이 될게요

언제나 그대를 그립니다

너와 나
가슴 떨리는 우리입니다

막장

세상은 살아남은 자의 것이다

인생도
사랑도
남겨진 자의 축복

삶은 정해진 것이 아니다
그저 모르고 지나치는 운명일 뿐

우주 같은 이 공간에
무엇을 남기는가는 그의 몫이다

꺼져가는 희망에
사과를 심는 자도 있지만

만약에
나에게도 끝이 온다면

아마도
이보다 더 멋진 숙제를 할 것 같다

터 (목련)

시간 지나
홀로 피어나
긴 기다림에 꺾어진 줄기

상처 난 그 자리
빗물이 스며들어
핏빛으로 물들어 버린 세월

널브러진 자태에
눈물까지도 물이 들고

너를 안은 가슴까지도
떨림도 없이 무너져 버린다

삶은 이렇게 화려하지 않는구나

우화

작은 떨림이었다

세월의 무게를 헤집고
자그마한 몸부림을 한다

눈동자 앞에 놓인
현실을 잊으려 하는 쓰라림

이렇게
틀을 깨는 것인가
운명의 굴레를 뒤집어 버린다

변한다는 건 설렘이었다

비추어지는 내 그림자
나는 너를 사랑하게 되었다

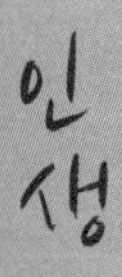

드라마

모래성을 만들고
각본 없는 대사를 외우고
주인공 없이 연출을 한다

포스터 속의 조연들
영사기 안에서 웃고 있다

팝콘을 샀다
웃고 울다가 눈을 감는다

무대는 막을 내리고
또 다른 각본의 첫 장을 펼친다

새롭게 밀려오는 감동을 맞이한다

바다는 죽었다

나는
멍이 들었다네
그대들의 하소연 때문에

소리치고 있네
우리들의 울음소리에

당신을
안아주고 싶어서
바다는 지금 요동치고 있어요

죽어간다

눈을 감았지

이젠 쉬고 싶다네

사연들이 나를 죽이고 있어서

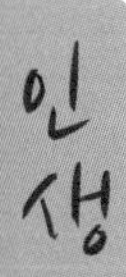

중독

다시 또 이렇게 되었네요

그저 웃지요
지독한 현실 때문에

멈추어 버린 시간처럼

모든 태엽이 풀러버려
부서지는 소리만 들립니다

다시 똑딱똑딱하고 싶다고

깊어질수록
점점 너에게 물들어 간다

하루라는 어느 날 (용접공의 하루)

뜨겁게 타는 것이 나의 삶이고
녹아 버리는 것은 우리의 허상 이런가

너를 만나면
나는 불꽃이여라

짧은 만남과 사라져 버리는 미련들

허리에 찬 봇짐 속에는
아직 풀지 못한 바램들

꿈을 찾는 마이너스에
행복 가득 찬 플러스를 붙여 본다

세월이란 틀 속에 시련들을 전부 녹여 버리자

오늘
난 이렇게
나의 운명을 만들고 있다

잠시, 내일이라는 숙제를 내려놓는다

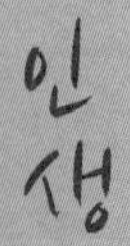

삶의 향기

세상의 모든 것은 맛이 있다

무척 낮은 곳에서
더 밑으로 바라볼 수 있어서

그렇게
이렇게
채울 수 없다는 걸 알면서

꽉 쥐었던 힘을 놓아보자

힘들었던 욕심들이
여기저기 흩어져있구나

무릎을 꿇고
두 손은 합장을 하고
흐르는 눈물로 성호를 긋고

자신을 용서하듯
오늘은 어제의 잘못을 잊는다

살아간다는 것일까
살아 본다는 것일까

나이테

지나친 세월과
남겨진 시간들이
기우뚱거리며 휘청거린다

어느덧 또 한 해를 보내는 하루

시간 지날수록
무거워지기 시작하는 추억들

잠시 멈추고
습관처럼 뒤돌아보기도 하고

가끔은
의미 없는 저울질과
전진 없는 발걸음뿐

다시 또
또 다른 태양에
더욱 가벼워진 소망을 빌어 본다

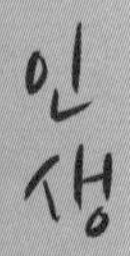

끝이라는 약속을
자신에게 다짐하면서
이루지 못할 맹세를 한다

한 줄 한 줄 겹겹이 쌓이는 너처럼

하루살이

아홉 시
내일은 비가 그친데요

맑은 햇살처럼 활짝 웃어요

오십칠 분
라디오에서 툭 하고
친구나 튀어 나왔으면

오후 네 시
지친 여러분 조금만 더 버터요

힘내세요
하품도 한번 하구요

퇴근 후 우리 한잔해요

불을 끈다
잠이 든 내 여자
나를 기다리는 아이

슬그머니 이불 속으로

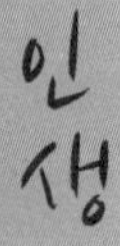

삶의 뒤편

어둠이 내리면
소복 같은 요정들이
동전 한 닢에 흥정을 한다

영혼을 팔아 버린
죽음보다 더 깊은 인생

슬픈 한숨들이 담벼락에 박혀 든다

힘들었던 하루
새우처럼 휘어진 오늘
어디선가 새어 나오는 한숨소리

뚝뚝 떨어지는 발자국
담을 넘어오는 삽살개 소리

밤을 센 어둠이
힘들어할 때쯤

또 다른 내일이 뒤편에 서 있다

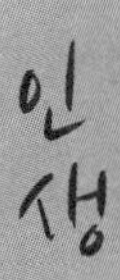

이별까지도
사랑이예요

박명호 시집

초판 1쇄 : 2015년 8월 17일
지 은 이 : 박명호
펴 낸 이 : 김락호
디자인 편집 : 이은희
기 획 : 시사랑음악사랑
인 쇄 : 청룡
연 락 처 : 1899-1341
홈페이지 주소 : www.poemmusic.net
E-Mail : poemarts@hanmail.net

정가 : 10,000원

ISBN : 979-11-86373-13-2

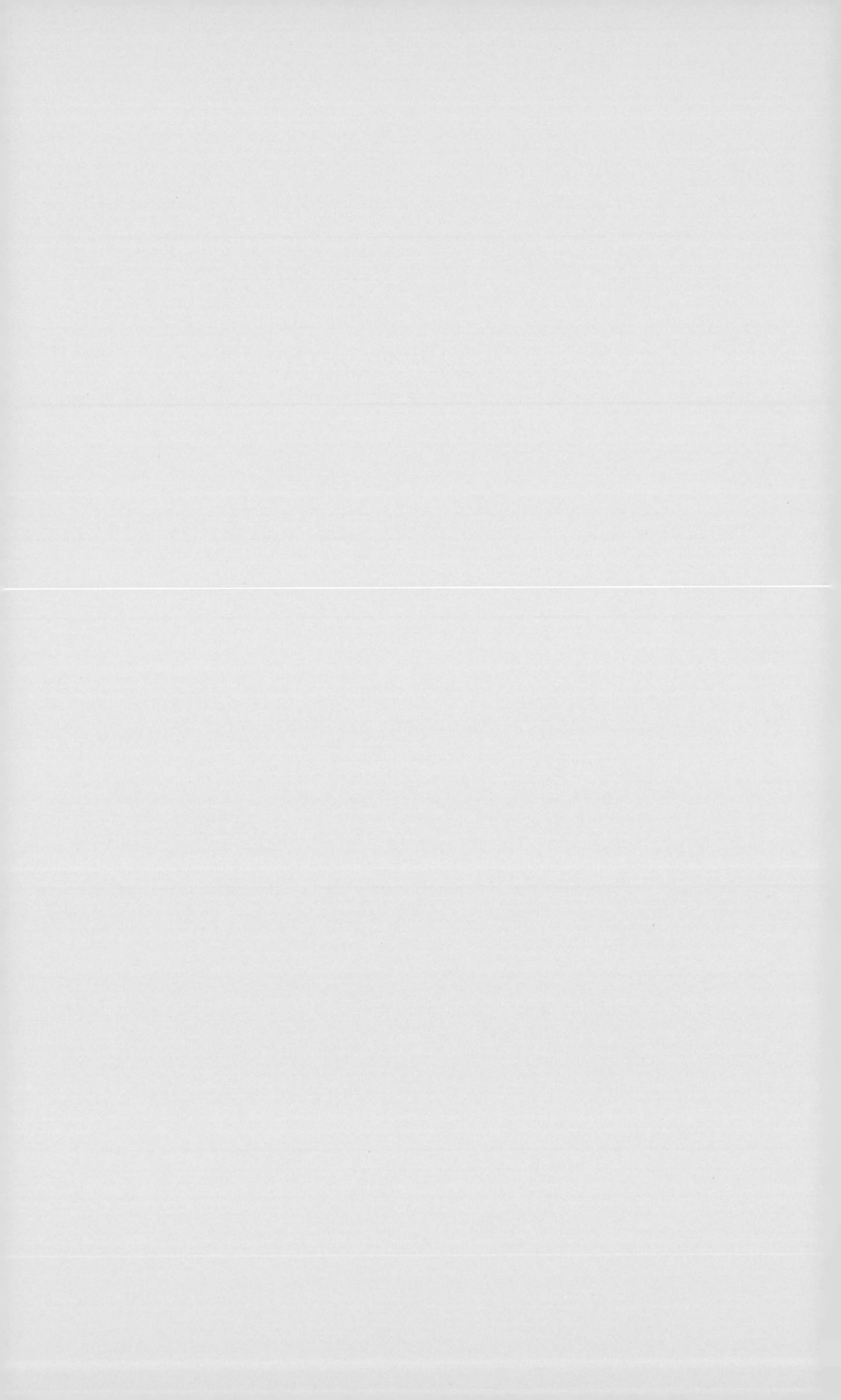